EL LIBRO MÁGICO

Descubre las creencias de tu subconsciente

#1 Los Secretos de la Abundancia para niños

Los Secretos de la Abundancia
PARA NIÑOS

Versión sin ilustrar

Raquel Huete Iglesias

"Hasta que lo inconsciente no se haga consciente,

el subconsciente seguirá dirigiendo tu vida

y tú le llamarás destino".

Carl Gustav Jung

En una humilde aldea rodeada de montañas vivía un chico llamado Pablo. Sus padres se dedicaban a cultivar las tierras que tenían pero a pesar de trabajar hasta el agotamiento a duras penas ganaban para comer y vivir.

Por mucho que se esforzaran, todas las hortalizas que allí plantaban crecían insípidas y de mala calidad, así que nadie quería comprarlas.

Por eso en casa iban muy justos de dinero y a Pablo le tocaba estirar la ropa para que durara el máximo tiempo posible. Él sentía una tremenda vergüenza por tener que llevar siempre los mismos harapos con agujeros.

Sobre todo cuando iba a clase porque tenía miedo de que los demás alumnos se rieran de él. Pero nunca lo demostraba.

Al contrario, aparentaba estar seguro de sí mismo, contento y feliz. Y lo cierto es que nadie se atrevía a meterse con él.

En su lugar, se burlaban de otro compañero aún más pobre,

Raúl. Cada día le hacían bromas crueles y se mofaban largo y tendido, por lo que Pablo se sentía muy apenado.

Pero por mucho que le entristeciera aquella situación injusta, en realidad no podía hacer nada, pues si le defendía corría el riesgo de que se cambiaran las tornas y terminara convirtiéndose él en el nuevo centro de todas las burlas.

Por este motivo siempre volvía a casa muy triste, culpando al dinero de todos los males del mundo y asegurando que cuando fuera mayor se haría más rico que nadie.

Sus padres no sabían qué hacer al verle así de disgustado. Creían que tener el deseo de convertirse en millonario era un sueño imposible para una persona que procedía de una familia tan humilde.

Por eso siempre intentaban convencerle de que se es más feliz siendo pobre y ahorrarle así el disgusto de que cuando creciera se topara con la cruda realidad.

—Pablito, corazón mío, el dinero solo trae complicaciones—le decía su madre–. Si fueras millonario todo el mundo intentaría aprovecharse de ti.

≫¿Y entonces cómo ibas a saber quién te aprecia de verdad y quién está contigo por interés? Además, la gente que tiene dinero es mala. Y ya sabes lo que pienso yo, pobre pero siempre honrado.

Estas razones, lejos de hacerle sentirse mejor, le provocaban una agobiante sensación de impotencia y una profunda tristeza. Pero no podía consolarse con nadie excepto sus padres.

Ni siquiera lo hacía con su mejor amiga Rita, una niña de familia mucho mejor posicionada que la suya por quien tenía gran aprecio, pues con ella compartía a diario increíbles aventuras de juegos.

Un día en la escuela, Rita se le acercó durante la hora del recreo y le dijo al oído que tenía un regalo para él. Pero era un regalo muy especial. Un secreto que nadie más podía conocer. Así que le pidió que fuera a buscar su mochila para esconderlo dentro en seguida.

Pablo obedeció sin rechistar, ansioso de ver la sorpresa que le deparaba. Imaginaba que le habría traído dulces y caramelos, chocolates o incluso un buen bocadillo de tortilla de patatas como alguna vez ya había hecho.

Pero cuando se unió a su amiga en el rincón que habían elegido para estar tranquilos y Rita abrió su mochila, a Pablo se le desvaneció el entusiasmo al instante.

Era un libro de aspecto corriente, muy desgastado. ¿Qué clase de regalo era ese?

—Es un libro mágico —le aseguró Rita en un susurro.

—¿Mágico? —A Pablo aquello le había sonado a cuento chino.

—Baja la voz —le pidió tapándole la boca con la mano—. Tú léelo y verás. Pero tienes que leerlo con el corazón, poniéndole mucho sentimiento. Si no, no funciona.

Pablo se quedó desconcertado. Empezaba a pensar que a

su amiga le faltaba algún tornillo que otro. Pero se fijó en el brillo de sus ojos, que irradiaban un entusiasmo más eufórico de lo usual, y no quiso decepcionarle.

Decidió que le seguiría la corriente porque quizás se trataba de un juego nuevo que aún desconocía. Metió el regalo en su mochila y le dio las gracias.

—Y otra cosa muy importante —le advirtió Rita antes de que volvieran a su rutina escolar—, tienes que leerlo después de medianoche.

Pablo se pasó el resto del día dándole vueltas a lo extraño que había sido todo y deseando terminar la escuela para descubrir el misterioso regalo que le había hecho su amiga.

Tal era su curiosidad que nada más llegar a casa se escabulló a su cuarto para echarle una hojeada al libro. Levantó con cuidado la tapa sucia y roída, y pasó las hojas.

El cuento explicaba la historia de un chico poco afortunado a quien un genio concedía el poder de pedir un deseo que le cambiaría la vida.

Cada página venía ilustrada con el dibujo correspondiente a la escena que en ella se relataba, unas ilustraciones realmente hermosas con colores vivos y figuras muy detalladas.

Pero aparte de eso, no había nada en el cuento que le llamara especialmente la atención.

No le pareció un libro mágico en absoluto así que lo apartó decepcionado y se puso a hacer los deberes pensando que su amiga le había querido tomar el pelo.

Después de eso se pasó varias semanas sin tocarlo siquiera. Rita le preguntaba a diario por el libro y le animaba a que lo leyera, pero él estaba demasiado ocupado centrándose en su desdicha. Solo deseaba que llegara la noche para caer dormido y olvidarse de su pobre existencia.

Al cabo de un tiempo, harto de que Rita insistiera tanto, finalmente accedió a ponerse manos a la obra con tal de que le dejara en paz. Poco imaginaba él que lo que iba a hallar superaría todas sus expectativas.

A las 12 y 1 minuto de un sábado por la noche se metió en la cama con una linterna y abrió el libro. Rita le había dicho que tenía que leerlo con el corazón, así que puso en la tarea todos sus sentidos.

Se apoderó de cada letra que leía, cada palabra, cada ilustración y la hizo parte de su propia esencia hasta que terminó convirtiéndose en el único dueño de aquella historia.

Y metido en la piel de aquel muchacho del cuento que tanto había sufrido en la vida, pronto se descubrió conmoviéndose. Cuando su primera lágrima cayó sobre aquellas páginas fue cuando ocurrió el milagro.

El libro se llenó de una fuerza inesperada, como si tuviera vida propia, y saltó de sus manos para caer abierto sobre su regazo. Pablo se asustó en seguida, la extraña energía impulsaba el libro hacia arriba provocando que diera pequeños brincos sobre sus piernas.

De repente las páginas proyectaron hacia el techo un haz de luz que casi le cegaba la vista y él se acurrucó contra la cabecera de la cama con los ojos cerrados.

Cuando los abrió al cabo de unos minutos, el genio del libro le estaba esperando. Tenía exactamente el mismo aspecto simpático que en las ilustraciones: grande, regordete y calvo.

De sus grandes orejas pendían largos lóbulos y su sonrisa hipnótica dejaba entrever hoyuelos en sus mejillas. Pablo no sabía qué hacer así que esperó a que el genio hablara.

—Hola Pablo, mi nombre es Boothe —se presentó al fin.

—¿Cómo sabes mi nombre? —preguntó el niño sorprendido.

—Yo lo sé todo —contestó ampliando aún más su tierna sonrisa.

El gesto amable del genio hizo que Pablo se calmara de inmediato. Desprendía una energía tan positiva que de repente sintió una paz interior como nunca antes había experimentado. Ya no tenía ningún miedo.

–¿Eres un genio de verdad?

–Más o menos. ¿Qué necesitas de mí?

–¡Quiero pedir tres deseos! –exclamó Pablo muy ilusionado.

–Puedes pedir todos los que quieras. Pero solo te concederé cada uno de ellos con dos condiciones: tienes que saber que no harás daño a nadie con él y tienes que demostrar que lo que pides es de verdad lo que más deseas en el mundo.

De golpe, los ojos de Pablo resplandecían tanto como los de su amiga Rita cuando le había ofrecido aquel maravilloso libro tiempo atrás. Al fin podría ver cumplido su más ansiado deseo de ser rico.

Ahora entendía muchas cosas sobre Rita: por qué su familia no pasaba las mismas penurias que él, y por qué había insistido tanto en que leyera aquel cuento.

Por otro lado, también era consciente de que al habérselo regalado había sacrificado la oportunidad de seguir consiguiendo deseos el resto de su vida. En verdad era la mejor amiga que nunca pudiera tener.

—Quiero que mis padres ganen suficiente dinero como para que podamos comprar siempre la comida que nos apetezca, aparte de ropa y zapatos nuevos. Lápices de colores, libretas, libros y sobre todo juguetes.

»Una montaña de juguetes. Quiero que nos sobre tanto el dinero que incluso podamos marcharnos de vacaciones. Ese es mi primer deseo —anunció Pablo—. ¿Cómo te demuestro que esto es lo que más quiero en el mundo?

—Tendrás que pasar una prueba, pero recuerda que solo se te concederá el deseo si sabes que al obtenerlo no dañarás a nadie.

—¿A quién iba a hacer daño convirtiéndome en millonario?

—Muy bien —dijo Boothe sin perder su eterna sonrisa—. La prueba es la siguiente: cada noche que lo pidas viajarás en sueños a un lugar mágico en el que todo es posible. Allí te esperará mi preciado corcel Cosmos.

» Tendrás que retarle a una carrera que no podrás ganar con la ayuda de ningún mecanismo ajeno a tu propio cuerpo, solo tú contra él. Mientras estés corriendo deberás pensar en el deseo que quisieras ver cumplido y cuando le ganes, te será concedido de inmediato.

Pablo aceptó sin dilación pues en seguida se le ocurrió que le preguntaría a Rita cómo lo había conseguido ella, para así hacer su deseo realidad en una sola noche.

—Rita no te podrá ayudar —le advirtió el genio como si le acabara de leer la mente—. Ella pasó su propia prueba, puesto que a cada persona se le presenta la oportunidad de conseguir lo imposible de una forma única e irrepetible. Del mismo modo, tú tampoco podrás ayudar a nadie más. Cada uno debe encontrar su propio camino.

A Pablo no le gustó este requisito, pero aun así confiaba en que, con astucia y tesón, pronto averiguaría la forma de ganar la carrera por sí solo. Así que aceptó también esta última condición.

—Sea pues—dictaminó el genio—. Ahora que ya sabes las reglas del juego, no volveré a aparecer hasta que consigas tu primer deseo.

Dicho esto, el genio desapareció en el acto.

Pablo se quedó pasmado unos segundos, preguntándose si acababa de sufrir una alucinación. Pero como no era capaz de concluir nada por sí solo, decidió salir de dudas de la forma más rápida.

Se iría a dormir en seguida para pedirle a Boothe viajar a aquel mundo mágico esa misma noche.

Nada más cerrar los ojos se vio a sí mismo despertando en un campo inmenso con flores de mil colores vistosos y árboles frutales.

En seguida apareció Cosmos de la nada galopando hacia él a un ritmo vertiginoso.

Era un hermoso y elegante caballo blanco con una larguísima crin trenzada de color plateado. Tenía las patas tan robustas y avanzaba a tal velocidad que lo primero que pensó Pablo al verle fue que difícilmente podría ganarle.

—Buenas noches, Pablo —le dijo Cosmos cuando llegó a su lado sin apenas signos de cansancio.

—Buenas noches. ¿Dónde nos colocamos para la carrera? —Al chico ya no le sorprendía nada, ni siquiera que un caballo pudiera hablar. Mucho menos que supiera su nombre.

—Veo que estás ansioso por empezar. Esta es la la línea de salida. —De repente una línea roja que antes no estaba trazó el suelo de lado a lado en frente de sus pies. Luego apareció otra unos doscientos metros más adelante—. Y aquella la de llegada. ¿Preparado?

—No sé si nunca estaré preparado para vencer a un caballo, pero vamos allá...

—En este mundo todo es posible, Pablo. Solo tienes que creer en ti y pensar en tu deseo mientras corras. Eso te dará las fuerzas que necesitas para ganarme.

Nada más tomar posiciones frente a la línea, aparecieron de golpe un montón de animales a su alrededor para alentarles durante la carrera.

Todos eran de colores y tamaños estrambóticos. Había conejos azules, caballitos de mar gigantes, tortugas a topos rojos, un asno de color púrpura, palomas rosas, e incluso una pantera a rayas verdes.

Pero lo mejor de todo, un caracol disfrazado con el traje de Spiderman que se adelantó de entre todos para dar el pistoletazo de salida.

Preparados, listos... ¡Ya!

Cuando Pablo oyó el disparo salió zumbando hacia la línea de meta. Aunque corría con todas sus fuerzas, el caballo le sacaba tres cuerpos ya desde el principio.

Aun así, Pablo no se desanimó, pues de verdad quería convertir su deseo en realidad, así que hizo caso de Boothe y se concentró. Pensó en todo lo que haría cuando tuviera todo el dinero del mundo.

Se imaginó comiendo lo que le viniera en gana, llevando ropas caras, estrenando zapatos nuevos cada día, y olvidándose de los problemas que le causaba la falta de dinero para concentrarse solo en ser feliz.

Pensó en todas esas cosas y mágicamente, aquellos pensamientos infirieron inmediatamente en él una fuerza inusitada que le ayudó a acelerar la carrera al ritmo del viento.

Tanta energía acumuló, que en seguida se puso a la par con Cosmos, pero en el último momento cuando ya estaban a punto de cruzar la meta, fue el caballo quien acabó adelantándose por poco y ganando la carrera.

A Pablo le decepcionó mucho haber perdido, pero por otro lado se sentía maravillado por el milagro que acababa de presenciar.

Realmente no lo había hecho tan mal. Si había sido capaz de acelerar a ese ritmo en la primera carrera, seguro que en un par de días conseguiría ser él el primero en llegar a la meta.

Al día siguiente Pablo procedió del mismo modo que la noche anterior. Cerró los ojos, invocó a Boothe para que le llevara ante Cosmos, y cuando volvió a abrirlos ya se encontraba de nuevo en aquel lugar mágico.

Esta vez llegó concentrado desde casa. Estaba convencido de que si se centraba en su objetivo desde tan pronto conseguiría inevitablemente la victoria.

Pero para su sorpresa el resultado no se alteró lo más mínimo. Pablo empezó con tres cuerpos de desventaja, se aproximó a Cosmos a la mitad de la carrera y terminó perdiendo por muy poco.

Otro desastre. El chico quedó aún más decepcionado que el primer día, pero no perdió la esperanza de hacerlo mejor al día siguiente.

Sin embargo, aquello se repitió durante meses, noche tras noche. Obtenía el mismo resultado, daba igual lo que hiciera.

Por mucho que se enfocara en su deseo, por más que buscaba nuevas estrategias para vencer, antes o después acababa perdiendo la batalla.

Pablo no entendía lo que estaba fallando, pero tampoco podía pedirle consejo al genio pues no iba a aparecer hasta que ganara la carrera. Y para entonces ya no necesitaría su ayuda.

Una noche cuando se disponía a pedirle a Boothe que le llevara ante Cosmos de nuevo, se extrañó al ver una luz colándose por debajo de la rendija de su puerta.

Sus padres solían irse a dormir muy temprano porque las tareas del campo les exigían levantarse antes del amanecer, así que era muy raro que todavía estuvieran despiertos.

Se acercó a su dormitorio sin hacer ruido y cuando los vio se quedó petrificado. Su padre estaba sentado en un lado de la cama, llorando en voz baja para que nadie le escuchara.

Estaba cogido a la mano de su madre, quien parecía dormida pero tenía cara de angustia y llevaba un paño húmedo sobre la frente.

Pablo entendió en seguida que su madre estaba muy enferma. Sin decir nada volvió a su cama, y entonces sí, pidió a Boothe ir a aquel mundo mágico donde cualquier deseo le podría ser concedido.

Esa noche Pablo decidió concentrarse en un nuevo objetivo cuando se enfrentara a Cosmos. Vio en su mente a su padre sollozando al lado de su madre, y pensó en cuán feliz sería si ella se curara.

El dinero de repente se había vuelto secundario. ¿De qué le iba a servir, si su madre no vivía para disfrutarlo también?

Así que en cuanto el pistoletazo del caracol disfrazado de Spiderman marcó la salida se lanzó a la carrera con este nuevo propósito.

Empezó como siempre con tres cuerpos de desventaja y se fue acercando a su contrincante a medida que avanzaba la carrera. Pero no lo suficiente, todo indicaba que iba a perder una vez más.

A pesar de eso, Pablo no desistió. Al contrario, siguió corriendo sin dejar de pensar en la curación de su madre. Y entonces ocurrió algo increíble. El chico sintió algo parecido a una nube de energía debajo de sus pies.

Miró asustado, y descubrió que había despegado del suelo. Estaba volando. Eufórico por este nuevo logro, miró a Cosmos desde allí arriba y le saludó sonriendo para luego acelerar como un cohete hacia la línea de meta.

Y ganó. Esta vez sí ganó.

Mientras Pablo reía, saltaba y celebraba la victoria junto a todos los animales de aquel mundo mágico, Boothe volvió a aparecerse ante él.

De repente todo a su alrededor desapareció: las flores, los árboles frutales, los arbustos, y todos los animales con sus alegres colores.

El paisaje entero se disipó ante sus propios ojos y se volvió blanco. Quedaron solamente ellos dos envueltos por una luz de blancura infinita.

—Muy bien hecho, Pablo —le felicitó el genio—. Tu deseo te ha sido concedido. Vuelve con tus padres y celébralo también con ellos.

Pablo se sintió más feliz que nunca, por fin había hecho uno de sus deseos realidad. Estaba tan satisfecho y orgulloso de sí mismo que se moría de ganas de contárselo a todo el mundo. Aunque probablemente nadie le creería excepto su amiga Rita.

Entonces miró al frente y se dio cuenta de que el genio estaba empezando a desvanecerse.

Quería preguntarle algo, pero si no le detenía a tiempo no volvería a verle hasta que consiguiera un segundo deseo, quién sabía en cuánto tiempo.

—Un momento, no te marches aún por favor —suplicó el chico.

La figura de Boothe volvió a dibujarse nítida ante él.

—¿Qué deseas?

—Hay algo que no entiendo. Llevo meses intentando ganar la carrera para hacerme rico y no ha habido manera. En cambio, el deseo de que mi madre se cure lo he conseguido a la primera. ¿Por qué?

—¿Tú por qué crees que es? —preguntó a su vez el genio dejando asomar como siempre una amplia sonrisa con hoyuelos.

—Bueno... —Pablo pensó en ello durante unos segundos, y pronto sacó una conclusión—. Quizás es porque pensar en el dinero me volvía codicioso y avaro.

»Hasta que mi madre se puso enferma lo único que quería era ser rico, mientras que lo verdaderamente importante es que todos tengamos salud.

»Solo cuando pensé en curarla gané la carrera, así que supongo que si no busco el bien de los demás por encima del mío propio no se me concederá mi deseo.

—Te equivocas —contestó Boothe. Pablo le miraba con atención, expectante por conocer la respuesta correcta—, al menos en parte. Ser generoso y altruista por supuesto que está muy bien, pero te olvidas de que uno también puede serlo teniendo dinero.

≫Es más, podrá serlo a un nivel mucho mayor, lo cual es todavía mejor para todos. El dinero no convierte a una persona en codiciosa ni avara automáticamente. Simplemente la vuelve próspera, es ella la que a partir de ahí toma el camino que desea.

≫Además, aunque lo que dices fuera cierto y ser rico convirtiera a la gente en malvada, esa tampoco sería la razón por la que no has ganado la carrera hasta ahora.

—Entonces, ¿por qué es?

—Solo te di dos condiciones para ver tu sueño convertido en realidad. ¿Las recuerdas?

—Sí las recuerdo. Saber que no voy a hacer daño a nadie

con mi deseo y demostrar que eso es lo que más quiero en el mundo.

–¿Y?

–¿Y acaso no lo he demostrado? En todas las carreras me he esforzado al máximo.

–Lo sé. Por tanto, si no falla la segunda condición, deber ser que falla la primera...

–¿La primera? –preguntó Pablo muy extrañado–. No puede ser. ¿A quién hago daño yo volviéndome rico?

–A nadie. Pero no se trata de lo que es, sino de lo que tu inconsciente piensa que es.

Pablo se quedó callado. Estaba totalmente desconcertado, no entendía nada.

–Verás, Pablo. Por lo que me acabas de explicar, una parte de ti está asociando la idea de ser rico con la de ser avaro. ¿A qué crees que puede deberse eso?

—No sé… quizás a que cuando me pongo triste por ser pobre mis padres me dicen que la gente rica no es de fiar. Pero lo hacen solo para que me sienta mejor.

—Seguro que lo hacen pensando en tu bien. Pero si hay una parte de ti que piensa que ser rico es malo, por mucho que esto sea mentira, nunca lo llegarás a ser. Es tan simple como eso.

—Entonces cuando esa parte de mí deje de pensar que tener dinero es malo, ¿conseguiré hacer mi deseo realidad?

—Por supuesto.

Pablo lo entendió todo de golpe. Solo tenía que sacarse de la cabeza esa idea que sus padres le habían inculcado de que ser rico conlleva cosas negativas, e inmediatamente ganaría también esa carrera.

Cerró los ojos y se imaginó viviendo en una casa grande con un patio enorme donde jugaría con Rita cada día después de la escuela. Tendrían la nevera repleta pues no escatimarían nunca más en alimentos. Sus padres vestirían con las mejores ropas, igual que él, y todos gozarían de una salud inmejorable.

Entonces abrió los ojos para darle las gracias a Boothe, pero se encontró con que ya estaba de vuelta en su cama.

Corrió hacia la habitación de sus padres para comprobar si su deseo se había hecho realidad tal como había prometido Boothe, y les vio a los dos abrazándose con fuerza, llorando de felicidad.

—¿Qué haces despierto tan tarde, Pablito? —le preguntaron al verle asomando por la puerta.

El chico no contestó, se limitó a correr hacia ellos para fundirse también en ese tierno abrazo.

Al cabo de poco Pablo volvió a competir contra Cosmos. Y sí consiguió ganar después de algunos intentos pero cuando volvió al mundo real, sorprendentemente nada había cambiado. Seguía viviendo en su humilde casa con la nevera vacía y muchas facturas por pagar.

Él se disgustó al principio porque se sintió estafado por Boothe. Sin embargo su cabeza pronto empezó a inundarse con ideas magníficas para hacer que su huerta empezara a producir muchos más alimentos, y además de mejor calidad.

Leyó libros para instruirse sobre el tema y pidió consejo a los vecinos que tenían las huertas más hermosas.

Convenció a sus padres para que usaran abono natural en vez de químico, y cambiaron la manera de tratar sus plantas.

Les hablaban con cariño y dulzura, les dedicaban canciones, les ponían música por el día e incluso les daban las buenas noches antes de irse a dormir, como si también formaran parte de la familia.

De este modo y con la dedicación de todos, pronto obtuvieron resultados. Sus tomates crecieron grandes y dulces, y sus lechugas eran las más frescas de la aldea.

Tal fue la mejora que en el mercado la gente se peleaba por comprar sus hortalizas.

En seguida obtuvieron suficientes beneficios para reparar su casa y vivir con holgura. Luego compraron más terrenos para aumentar su producción, y a partir de ahí todo salió rodado.

Hicieron la casa mucho más grande y la decoraron con toda clase de comodidades. Y Pablo por fin obtuvo todo lo que tanto había deseado.

Un día metió el libro mágico en su bolsa y se lo llevó a la escuela. Quería agradecer a Rita todo lo que había conseguido gracias a su gesto de generosidad así que le devolvería el libro. Pero Rita no lo quiso.

—Ya no lo necesito —le dijo—. El cuento solo sirve para que aprendamos las reglas del juego, y yo ya las conozco. Cuando necesito algo, le pido a Boothe que me ponga a prueba y siempre acabo ganando.

—¿Entonces a mí tampoco me hace falta?

—No. Dáselo a alguien que necesite entender cómo funciona el juego de la vida.

Pablo miró alrededor y vio a su compañero Raúl. Seguía vistiendo con ropa cosida a retales, las coderas de su camisa estaban a punto de rasgarse, y los zapatos le venían dos tallas grandes. Estaba solo en su pupitre, pintando algo.

Se acercó y se detuvo a su lado observando el dibujo. A pesar de todo, el conjunto de colores vivos que había plasmado en el papel transmitía alegría y esperanza, en vez de tristeza y desesperación.

Entonces se dio cuenta de lo injusto que había sido con él al no haberse atrevido a defenderle antes. Nadie merecía ser mal tratado por ninguna razón, mucho menos por no tener dinero. Inmediatamente sintió la necesidad de compensarle de alguna manera.

Sí. Si alguien en este mundo merecía conocer las reglas del juego de la vida, tenía que ser Raúl. Se inclinó hacia él y le susurró un secreto al oído.

FIN

¿Sabes quién es... GRANT CARDONE?

Grant Cardone es un multimillonario americano experto en ventas a nivel internacional, autor bestseller del New York Times, locutor de radio del The Cardone Zone y fundador de varias empresas exitosas.

A los 21 años dejó los estudios con grandísimas deudas, pero aprendió de los mejores para llegar a ser millonario a los 30 años.

Ahora ayuda a otros emprendedores a través de sus libros, charlas motivacionales y su propio programa de televisión.

En una ocasión escribió un artículo en el que decía lo siguiente:

"No existe la escasez de dinero en el planeta Tierra; solo escasean las personas que piensan correctamente sobre él. Para convertirte en un millonario desde cero, tienes que dejar de pensar como un pobre.

»Lo sé porque yo tuve que hacerlo. Me crió una madre soltera que hizo todo lo posible para que sus tres hijos fueran a la escuela y llegar a fin de mes. Muchas de sus lecciones fomentaron en mí la escasez y el miedo:

–Cómetelo todo, hay gente en el mundo que se muere de hambre; no desperdicies nada; el dinero no crece en los árboles. La auténtica riqueza abundante no puede surgir a partir de este tipo de pensamientos."

Fuente: www.entrepeneur.com, artículo de Grant Cardone